PALA
CIOS.

Dépôt légal 2e trimestre 1975 No 1488

I S B N 2-205-00888-9

Imprimé en France - Cité-Press-Paris

Loi No 49956 du 16 juillet 1949 sur les publications destinées à la Jeunesse.

300, Place d'Youville Montréal Ltée H2Y2B6 Québec

Dépôt légal à Québec Dépôt légal à Ottawa 2e trimestre 1975

I S B N 2-205-00888-9

DISTRIBUTIONS ECLAIR 8320 Place de Lorraine ANJOU 437, Québec
DISTRIBUTEUR EXCLUSIF LICENCIE.

COLLECTION WESTERN

un nommé MAC COY

TEXTE J.P. GOURMELEN - DESSINS A.H. PALACIOS

DARGAUD ÉDITEUR
12, RUE BLAISE-PASCAL - 92201 - NEUILLY-SUR-SEINE

AU NOUVEAU-MEXIQUE, NON LOIN DU RIO GRANDE, LE CAMP IV DE L'ARMÉE FÉDÉRALE OÙ SONT RETENUS DES PRISONNIERS SUDISTES, DÉBRIS DES ARMÉES CONFÉDÉRÉES.
GARDE ! OUVREZ CETTE PORTE.

REBELLES ! LE SUD S'EFFONDRE DE TOUTES PARTS. LEE A PERDU SA DERNIÈRE BATAILLE. C'EST LE COMMENCEMENT DE LA FIN.
REBELLES! LES ETATS-UNIS ONT BESOIN DE VOUS.
IL ME FAUT UN VOLONTAIRE POUR UNE MISSION PARTICULIÈREMENT DANGEREUSE AU MEXIQUE ... QUI D'ENTRE VOUS? J'ATTENDS!
CAPITAINE MAC COY VOLONTAIRE !
MAC COY HEIN !!! PARFAIT... SUIVEZ-MOI !
MAC COY, VOUS ALLEZ PRENDRE LE COMMANDEMENT D'UNE TROUPE DE SOLDATS CONFÉDÉRÉS ET...
PASSER AU MEXIQUE... POUR UNE MISSION SPÉCIALE. LE MEXIQUE ÉTANT OCCUPÉ PAR LES TROUPES FRANCAISES, VOUS COMPRENDREZ QUE L'ARMÉE FÉDÉRALE N'Y PEUT INTERVENIR, LES ÉTATS-UNIS ÉTANT EN PAIX AVEC LA FRANCE.
PALACIOS.

UNE TROUPE DE PRISONNIERS SUDISTES ÉVADÉS FERA DONC L'AFFAIRE
JE VOIS QUE VOUS ME COMPRENEZ CAPITAINE. CAR IL EST ÉVIDENT QUE LE GOUVERNEMENT NE VOUS COUVRIRA PAS EN CAS DE BAVURE AVEC LES FRANÇAIS
DE QUOI S'AGIT-IL MAJOR ?
VOICI LA VIEILLE HACIENDA FORTIFIÉE DE SAN CLEMENTE AU NORD DE DURANGO, À QUARANTE MILES DE CUIDA VOUS ALLEZ VOUS Y RENDRE ET RECHERCHER LE PROPRIETAIRE.
VOUS AVEZ UN MESSAGE À LUI DONNER ?
OUI, SITÔT TROUVÉ, VOUS LE PENDEZ AU PREMIER ARBRE VENU !
?
CET INDIVIDU S'APPELLE SAINT-CROIX.
POURQUOI PENDRE UN SAINT ?
PALACIOS.

CE SAINT-CROIX EST UN CAPITAINE RENÉGAT DE L'UNION. IL Y A SIX MOIS, IL CONVOYAIT LA SOLDE DE LA CINQUIÈME ARMÉE SOIT TROIS MILLIONS DE DOLLARS ! CE CHIEN A ABATTU UNE PARTIE DE L'ESCORTE ET AVEC LES AUTRES GAGNÉS À SA CAUSE EST PASSÉ AU MEXIQUE AVEC LES DOLLARS !
SACREBLEU ! TROIS MILLIONS DE DOLLARS !
UNE CENTAINE DE DÉSERTEURS ET DE BANDITS DE TOUTES LES ARMÉES SE SONT JOINTS À LUI ET RAVAGENT TOUT LE NORD DU MEXIQUE À SON PROFIT, JOUISSANT DE L'IMPUNITÉ QUE LUI CONFÈRE LA GUERRE DES FRANÇAIS ET DES JUARISTES ET DE NOTRE GUERRE À NOUS.
CAPITAINE, CE SAINT-CROIX PORTE LE PLUS GRAND TORT AUX ÉTATS-UNIS IL FAUT LE METTRE HORS D'ÉTAT DE NUIRE !
LE LENDEMAIN À L'AUBE, LE CAPITAINE MAC COY ET SES VINGT HOMMES EN UNIFORME CONFÉDÉRÉ ET PORTEURS DE LEURS ARMES, ESCORTÉS PAR UNE PATROUILLE NORDISTE GALOPENT VERS LA FRONTIÈRE.
PALACIOS.

TROIS HEURES PLUS TARD...
LE RIO GRANDE! LE MEXIQUE EST SUR L'AUTRE RIVE, NOS ROUTES SE SÉPARENT ICI, MON CAPITAINE.
APRÈS PLUSIEURS HEURES DE ROUTE, PROFITANT DES ARROYOS ET DES RAVINS POUR PROGRESSER HORS DE TOUTE VUE INDISCRÈTE MAC COY ET SES HOMMES CHEMINENT DANS LE CANYON DE L'HOMME MORT
SAN CLEMENTE, MON CAPITAINE... TOUT EST CALME!
PALACIOS.

QUEL TROU !
HÉ ! L'HOMME !
QUE PASSA?
PITIÉ ! MA MAISON A ÉTÉ PILLÉE PAR LES FRANÇAIS, DÉVASTÉE PAR LES JUARISTES, J'AI EU LES PIEDS BRÛLÉS PAR LES APACHES. JE N'AI NI ARGENT NI VIVRES, LE BON PÈRE QUI EST LÀ PEUT EN TÉMOIGNER.
PALA CIOS.

CE QUE DIT CE PAUVRE HOMME EST EXACT, MONSIEUR L'OFFICIER !
OK, CURÉ !
VIENS UN PEU PAR ICI ...
CE CAFETIER EST UNE VICTIME DE CETTE GUERRE CRUELLE .
QUI ÊTES-VOUS ?
JE SUIS LE PÈRE JUAN, AUMONIER DE L'HACIENDA DE SAN CLEMENTE, AVANT QUE CE BANDIT DE SAINT-CROIX NE TUE LES PROPRIÉTAIRES. CET HOMME EST LE DÉMON .
NOUS RECHERCHONS CE SAINT-CROIX POUR LUI FAIRE PAYER SES FORFAITS .
ENFIN ! JÉSUS-MARIA DE LA PROVIDENCE . ENFIN ! JUSTICE . JUSTICE
OK ! OK ! ...
ET LE DÉMON, OÙ EST-IL ?
SAINT-CROIX EST À L'HACIENDA AVEC TRENTE HOMMES . TOUS LES AUTRES SONT PARTIS EN EXPÉDITION .
COMMENT ENTRER DANS L'HACIENDA ?
PALACIOS.

LES BANDITS ONT EU BEAUCOUP DE PERTE CES DERNIERS JOURS, UNE PARTIE D'ENTRE VOUS POURRAIT SE FAIRE PASSER POUR DES DESERTEURS VOULANT SE JOINDRE À EUX ET UNE FOIS DANS LA PLACE, OUVRIR LA PORTE AUX AUTRES.
FIUUUU!!!
EH! BIEN L'ABBÉ... VOUS ÊTES DIABOLIQUE! MAIS VOTRE MÉTHODE EST BONNE...
CHARLEY, VA ME CHERCHER LE LIEUTENANT BRENTON.
À VOS ORDRES, CAPITAINE!
LE PLAN DÉFINI PAR LE MOINE AYANT ÉTÉ APPROUVÉ, LE LIEUTENANT BRENTON ET LA MOITIÉ DU DÉTACHEMENT EN TENUE DÉBRAILLÉE ET SANS ORDRE COMME UNE TROUPE DE DÉSERTEURS SANS COMMANDEMENT, SE DIRIGE VERS L'HACIENDA DE SAN CLEMENTE.
BRENTON ET LES HOMMES SONT ENTRÉS DANS L'HACIENDA, TOUT SE PASSE BIEN.
DIEU VOUS ENTENDE, CAPITAINE.
HÉ, CURÉ... VENEZ DONC VOIR...
DAMNATION! UNE EMBUSCADE... LE MOINE NOUS A ROULÉS!
PALACIOS.

OÙ EST PASSÉ LE MOINE ?
IL N'EST PAS LÀ SIR.
PAW! PAW! BAOUM!
LE VOILA... HALTE !
!!
PAW! PAW!
?!
JE LE VEUX VIVANT ! DESCENDEZ LE CHEVAL !
PAW!

QUI ES-TU DÉMON ?
PACO SAIT QUI EST LE MOINE ... ALLEZ PACO, DIT AU CAPITAINE QUI EST LE SAINT HOMME OU J'APPUIE SUR LA DETENTE ...
À TROIS JE TIRE ...
1... 2...
PITIÉ ... SEÑOR CAPITAINE J'AI UNE FEMME ET SEPT ENFANTS, J'AI ...
... 3 ...
JÉSUS MARIA ... LE MOINE C'EST SAINT-CROIX... PITIÉ !
TU ME PAIERAS ÇA, CRÉTIN !
CE MOINE NE ME PARAISSAIT PAS TRÈS CATHOLIQUE
JE ME SUIS TOUJOURS MÉFIÉ DES HOMMES DE DIEU ! UN PASTEUR M'A CASSÉ LE BRAS D'UN COUP DE COLT AU KANSAS .
ENLEVEZ-LUI SA BURE ! ATTACHEZ UNE CORDE À CET ARBRE ... METTEZ UN CHEVAL ENTRE LES JAMBES DE CE SAINT-CROIX ET PASSEZ-LUI LA CORDE AUTOUR DU COU .
PALACIOS.

ME PERMETTEZ-VOUS, MONSIEUR, DE CLAQUER LA CROUPE DE VOTRE CHEVAL?
SEULEMENT SI VOS MAINS SONT PARFAITEMENT PROPRES!
IL EST DOMMAGE, CAPITAINE, QU'UNE BELLE CARRIÈRE COMME LA VÔTRE SE TERMINE EN CES LIEUX.
C'EST ÉVIDENT!! C'EST POUR CELA, MON BON, QUE JE VOUS SAURAIS GRÉ DE ME DESCENDRE DE CETTE ROSSE ET DE ME REMETTRE SUR MES PIEDS.
PALACIOS.

EXCELLENTE IDÉE. FAISONS PARTIR CETTE HARIDELLE...
CE N'ÉTAIT QU'UNE BOUTADE, SERGENT-MAJOR...
TROIS CAVALIERS SORTENT DU FORT.
PARFAIT! NE TIREZ PAS, LAISSONS-LES VENIR...
PALACIOS.

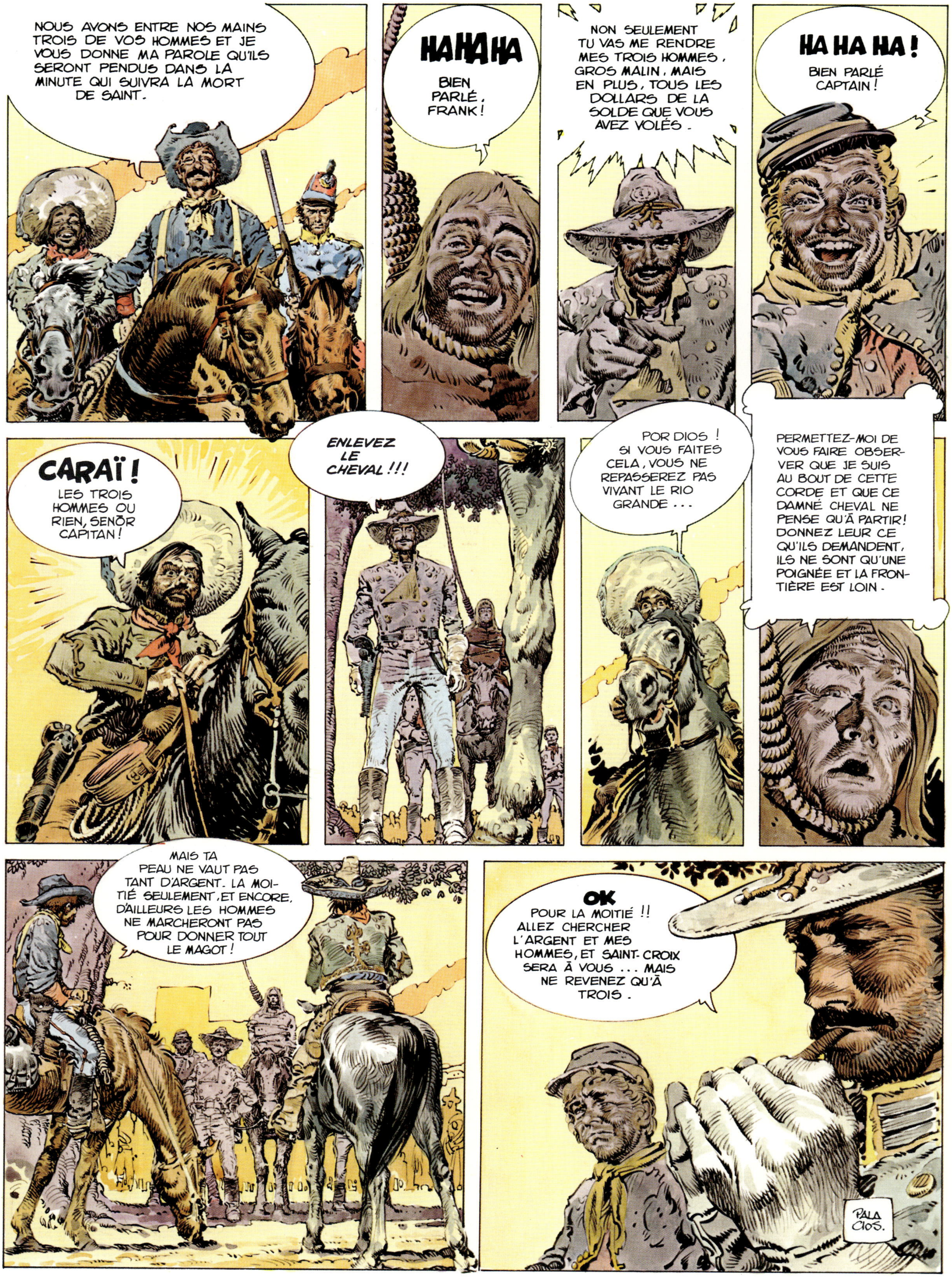
NOUS AVONS ENTRE NOS MAINS TROIS DE VOS HOMMES ET JE VOUS DONNE MA PAROLE QU'ILS SERONT PENDUS DANS LA MINUTE QUI SUIVRA LA MORT DE SAINT.
HAHAHA
BIEN PARLÉ, FRANK !
NON SEULEMENT TU VAS ME RENDRE MES TROIS HOMMES, GROS MALIN, MAIS EN PLUS, TOUS LES DOLLARS DE LA SOLDE QUE VOUS AVEZ VOLÉS.
HA HA HA !
BIEN PARLÉ CAPTAIN !
CARAÏ !
LES TROIS HOMMES OU RIEN, SENÕR CAPITAN !
ENLEVEZ LE CHEVAL !!!
POR DIOS ! SI VOUS FAITES CELA, VOUS NE REPASSEREZ PAS VIVANT LE RIO GRANDE...
PERMETTEZ-MOI DE VOUS FAIRE OBSERVER QUE JE SUIS AU BOUT DE CETTE CORDE ET QUE CE DAMNÉ CHEVAL NE PENSE QU'À PARTIR ! DONNEZ LEUR CE QU'ILS DEMANDENT, ILS NE SONT QU'UNE POIGNÉE ET LA FRONTIÈRE EST LOIN.
MAIS TA PEAU NE VAUT PAS TANT D'ARGENT. LA MOITIÉ SEULEMENT, ET ENCORE, D'AILLEURS LES HOMMES NE MARCHERONT PAS POUR DONNER TOUT LE MAGOT !
OK POUR LA MOITIÉ !! ALLEZ CHERCHER L'ARGENT ET MES HOMMES, ET SAINT-CROIX SERA À VOUS... MAIS NE REVENEZ QU'À TROIS.
PALACIOS.

UNE HEURE PLUS TARD.
VOILÀ TES COPAINS QUI REVIENNENT, SAINT...
LES DOLLARS SONT LÀ, CAPTAIN !
US
A CHEVAL, VOUS AUTRES !
PALACIOS

PIED À TERRE CANAILLES ! JETEZ VOS ARMES !
VIENS LES CHERCHER, REBELLE !
PAW!
PAW!
CARAÏ!!
DU CALME MEX ...!
PAW!
DAMNATION ! ARRÊTEZ DE TIRER, LE CHEVAL S'EN VA...
PAW!
PAW!
PALA CIOS.

PAW!
HEY!!!
PAW!
PAW!
PAW!
AW!
!
¡CRAC!
!
HI
HI HI
CAPITAINE ! LES HOMMES DU SAINT SORTENT DU FORT, ILS SONT PLUS DE CENT...
DÉGUERPISSONS D'ICI ! DIRECTION LE RIO GRANDE... AU GALOP!
PALACIOS.

OÙ SONT LES DOLLARS, SAINT?!
ILS GALOPENT VERS LE RIO GRANDE... MAIS ILS NE PASSERONT PAS LE CANYON DU FOU!
Ā CHEVAL! TOUS!
TIENS! PACO... QUELLE SURPRISE!
AU GALOP!
SALUTATIONS, SEÑOR CAPITAN, GRACIAS Ā LA MADONE DE VOUS VOIR VIVANT.
ADIOS! PACO...
PALACIOS.

CRÉ DIÉ! LES FRANÇAIS!
TUDIEU!! MESSIEURS LES CONFÉDÉRÉS ... POURQUOI CETTE HÂTE?
C'EST QUE, VOYEZ-VOUS, NOUS AVONS EU DES MOTS AVEC DES GENS PEU RECOMMANDABLES QUI NOUS SUIVENT DE PRÈS ET QUI VOUDRAIENT BIEN METTRE LA MAIN SUR NOUS.
DALACIOS.

ALLONS DONC ! IL N'Y A DANS CE PAYS QUE DES GENS HONNÊTES ET BONS, À PART LES JUARISTES, LES APACHES, LES CROTALES ET LES HOMMES DU SAINT.
JUSTEMENT, SIR, CELUI-CI NOUS SUIT, AVEC SES APÔTRES !
JE SAIS, CAPITAINE ! MES ÉCLAIREURS M'ONT ANNONCÉ LEUR VENUE ET LEUR ÉTRANGE GIBIER -
UN DE MES ÉCLAIREURS SIGNALE CES CANAILLES. DÉGAGEZ SUR LES CÔTÉS... CHASSEURS, EN JOUE !
PALACIOS.

FEU!
PAW!
PAW!
DAMNATION! EN ARRIÈRE!
PAW!
PAW!
CHARGEZ
PALACIOS

BRAVO COLONEL... LA ROUTE DU RIO GRANDE EST DÉSORMAIS SANS OBSTACLE POUR NOUS. PERMETTEZ-MOI DE VOUS REMERCIER EN MON NOM ET CELUI DE MES HOMMES!
SAINT-CROIX S'EST ENFUI... MAIS SA BANDE EST DÉMANTELÉE. UN ESCADRON POURSUIT LES SURVIVANTS
CAPITAINE MAC COY LA FRANCE VOUS OFFRE L'HOSPITALITÉ À DURANGO. LE GOUVERNEUR ET MOI-MÊME AIMERIONS VOUS POSER QUELQUES QUESTIONS SUR VOTRE PRÉSENCE AU MEXIQUE.
PALACIOS.

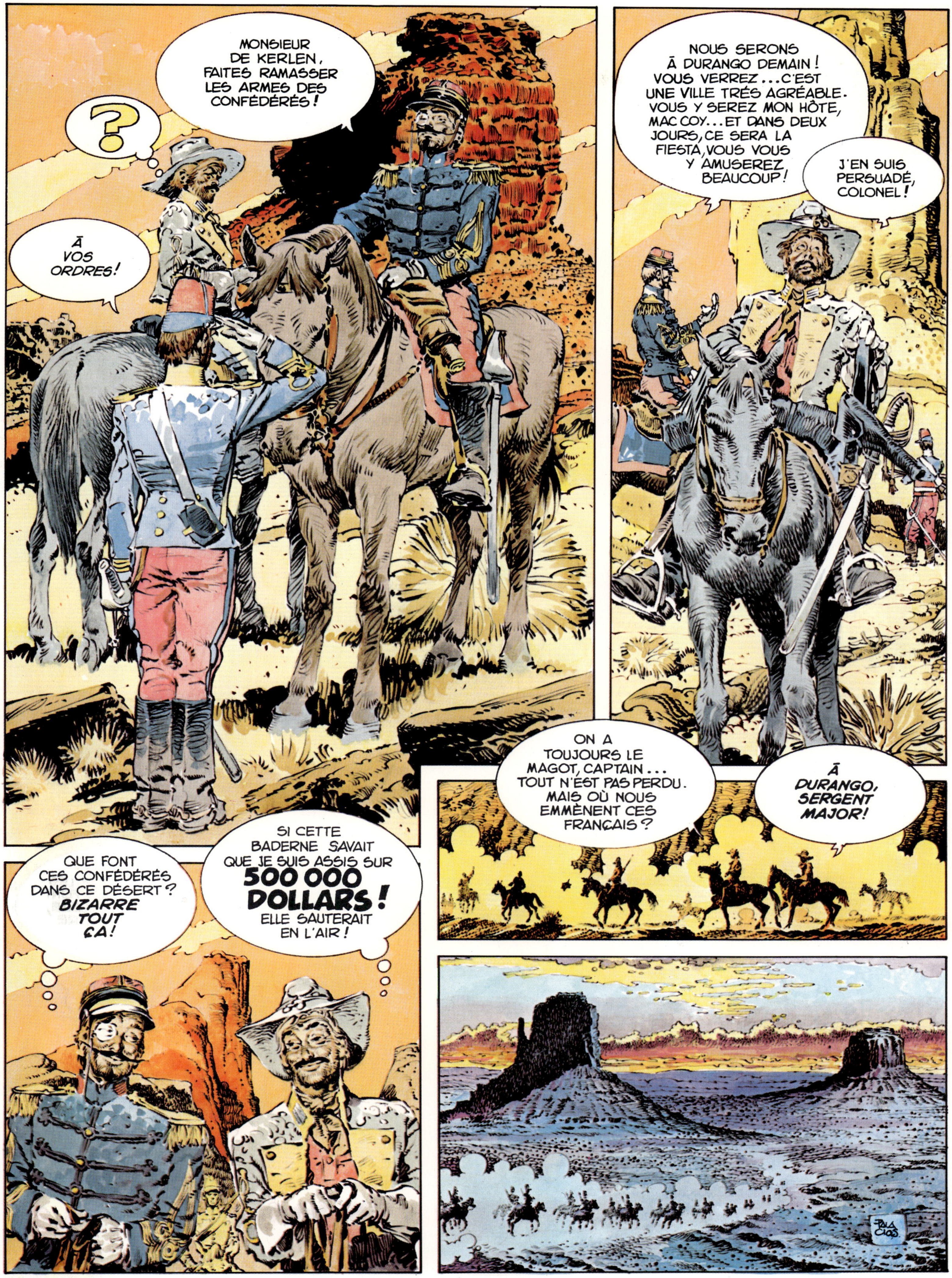
MONSIEUR DE KERLEN, FAITES RAMASSER LES ARMES DES CONFÉDÉRÉS!
?
À VOS ORDRES!
NOUS SERONS À DURANGO DEMAIN! VOUS VERREZ... C'EST UNE VILLE TRÈS AGRÉABLE. VOUS Y SEREZ MON HÔTE, MAC COY... ET DANS DEUX JOURS, CE SERA LA FIESTA, VOUS VOUS Y AMUSEREZ BEAUCOUP!
J'EN SUIS PERSUADÉ, COLONEL!
QUE FONT CES CONFÉDÉRÉS DANS CE DÉSERT? BIZARRE TOUT ÇA!
SI CETTE BADERNE SAVAIT QUE JE SUIS ASSIS SUR 500 000 DOLLARS! ELLE SAUTERAIT EN L'AIR!
ON A TOUJOURS LE MAGOT, CAPTAIN... TOUT N'EST PAS PERDU. MAIS OÙ NOUS EMMÈNENT CES FRANÇAIS?
À DURANGO, SERGENT MAJOR!
PALACIOS

LE LENDEMAIN À L'AUBE...
DURANGO! MONSIEUR MAC-COY.
VOILÀ D'ÉTRANGES FRUITS POUR UN ARBRE, COLONEL...!
QUE VOULEZ-VOUS, CAPITAINE, LES JUARISTES NOUS FONT UNE GUERRE CRUELLE, IL NOUS FAUT ÊTRE DUR AUSSI.
PALA

MONSIEUR DE KERLEN, FAITES METTRE PIED À TERRE ET REJOINDRE LE CANTONNEMENT.
À VOS ORDRES !

VOUS AVEZ ICI, MON BON, UN EXCELLENT HÔTEL OÙ VOUS POURREZ VOUS RAFRAICHIR, VOUS ET VOS HOMMES. JE VOUS DONNE RENDEZ-VOUS APRÈS LA SIESTE AU PALAIS!
VOILÀ UNE EXCELLENTE PROPOSITION COLONEL!
JE SUIS FORT AISE QUE VOUS LA TROUVIEZ BONNE.
AH! AU FAIT, SI PAR INADVERTANCE VOUS PENSIEZ NOUS FAUSSER COMPAGNIE, DITES-VOUS QUE CELA SERAIT UNE MAUVAISE IDÉE, ET QUE NOTRE CAVALERIE NE MANQUERAIT PAS DE VOUS RETROUVER!
J'EN SUIS PERSUADÉ, COLONEL, D'AUTANT QUE VOUS AVEZ NOS ARMES.
HA! HA! EXACT... ET ÊTRE SANS ARME DANS CE PAYS, C'EST ENCORE PLUS BÊTE QUE D'ÊTRE SANS CHEVAL... ET PLUS DANGEREUX... QUASIMENT UN SUICIDE.
SORTIR D'ICI VA ÊTRE COMPLIQUÉ.
CHARLEY! NOUS ALLONS NOUS RAFRAICHIR DANS CETTE CANTINA.
UNE BONNE TEQUILA VA COUPER NET MA SOIF DE DAMNÉ!

TEQUILA POR FAVOR ... ET QUE ÇA SAUTE ...
UN BAIN EN VITESSE !
SI ! SI ! SENOR...
UNE FILLE À MARIER VITE !
DOUX JESUS ! LES GARS... UN ANGE !
ROSA ! PRÉPARE LES CHAMBRES DU HAUT POUR LES SEÑORS AMÉRICAINS ET LES BAINS DANS LE PATIO ...
PALACIOS.

HA HA HA...
HI HI HI...
HA HA HA...
HÉ ! QU'EST-CE QUE C'EST QUE ÇA ?
C'EST L'ATTRACTION DE LA MAISON SEÑOR ! DANS CE BOCAL, IL Y A CENT PESOS EN OR ET UN SERPENT. POUR JOUER, IL FAUT METTRE CINQ PESOS À MA CAISSE, PLONGER LA MAIN DANS LE BOCAL ET PRENDRE LES CENT PESOS SANS DÉRANGER LE SERPENT... HI ! HI ! HI !
ET DES CINGLÉS QUI ONT ESSAYÉ, Y-EN A-T-IL QUI ONT GAGNÉ ?
JAMAIS SENOR HI! HI! HI!
PALACIOS.

LE BAIN DES SENORS ÉTRANGERS EST PRÊT.
ALLEZ, LES GARS... ALLONS NOYER NOS POUX !
!?
TEQUILLA ! POR FAVOR...
ROONN RRRR...
SENORA ! ENCORE UN PEU D'EAU CHAUDE S'IL VOUS PLAIT !
COU COU ROU COU COU L' PALOMA...
CHARLEY, PRÉVOIS TROIS HOMMES DE GARDE AUX SACOCHES ILS RESTERONT DANS UNE CHAMBRE... RELÈVE TOUTES LES DEUX HEURES.
Ā VOS ORDRES CAPITAINE !
PALACIOS.

PLUS TARD, APRÈS LA SIESTE...
UN LIEUTENANT FRANÇAIS EST EN BAS POUR VOUS CONDUIRE AU PALAIS !
OK ! TU M'ACCOMPAGNERAS. NE FAISONS PAS ATTENDRE CET OFFICIER.
LA FIESTA NE VA PAS TARDER À COMMENCER !
PALACIOS.

MONSIEUR LE GOUVERNEUR ! VOICI LE CAPITAINE MAC COY DES TROUPES CONFÉDÉRÉES...
AH OUI ! MAC COY... MAIS VEUILLEZ VOUS ASSOIR, MESSIEURS.
LE RIO GRANDE EST BIEN LOIN, CAPITAINE...
PEUT-ÊTRE, GOUVERNEUR ! MAIS JE SUIS DU BON CÔTÉ...
JE VOUS CROIS SANS PEINE CAPITAINE, D'AUTANT PLUS QUE JE VAIS VOUS APPRENDRE UNE NOUVELLE QUI VIENT DE ME PARVENIR... LE GÉNÉRAL LEE S'EST RENDU LE 9 AVRIL 1865 À APPOMATOX AU GÉNÉRAL GRANT... LE SUD EST VAINCU, MESSIEURS...
?!
IL Y A TOUJOURS UN EMPLOI MESSIEURS DANS LES ARMÉES IMPÉRIALES POUR DES COMBATTANTS VALEUREUX COMME VOUS. VOTRE RÉPUTATION A FRANCHI LA FRONTIÈRE, MAC COY L'ARMÉE MEXICAINE MANQUE DE CADRES COMPÉTENTS... JE VOUS DONNE UN RÉGIMENT DE CAVALERIE QUE VOUS POURREZ MENER À VOTRE GUISE CONTRE LES TROUPES JUARISTES. QU'EN PENSEZ-VOUS ?
AVEC VOTRE AUTORISATION, MONSIEUR LE GOUVERNEUR, LE CAPITAINE MAC COY POURRAIT PEUT-ÊTRE NOUS DIRE CE QU'IL FAIT AU MEXIQUE ?
PALACIOS.

NOUS AVIONS LA MISSION DE RALLIER SAINT-CROIX ET SES HOMMES, DE LES RAMENER AUX U.S. ET AVEC LEUR AIDE, D'ATTAQUER LE CAMPS VI DE PRISONNIERS CONFÉDÉRÉS POUR LIBÉRER LES DÉTENUS. NOUS AURIONS ENSUITE REJOINT "KIRBY SMITH" AU TEXAS.
KIRBY SMITH, GÉNÉRAL CONFÉDÉRÉ.
VASTE PROGRAMME! MAIS VOTRE MISSION EST MAINTENANT SANS OBJET. LE SUD EST VAINCU, SAINT-CROIX EN FUITE ET SA BANDE DÉMANTELÉE. ALORS QUE PENSEZ-VOUS DE L'OFFRE DU GOUVERNEUR, CAPITAINE ?
D'ACCORD! MAIS JUSQU'À PRÉSENT, JE COMBATTAIS POUR UNE IDÉE ET MAINTENANT JE...
L'EMPEREUR MAXIMILIEN SAIT SE MONTRER GÉNÉREUX AVEC CEUX QUI ÉPOUSENT SA CAUSE ET LES SUBSIDES QUE VOUS TOUCHEREZ VOUS PERMETTRONT D'APPRENDRE À AIMER VOTRE NOUVELLE TÂCHE.
COLONEL ! FAITES RENDRE LES ARMES DU COLONEL MAC COY ET DE SON COMPAGNON QUE JE NOMME À L'INSTANT MÊME CAPITAINE. MESSIEURS, VOUS POUVEZ DISPOSER, NOUS NOUS VERRONS DEMAIN.
!
SERGENT-MAJOR! VOILÀ UNE PROMOTION FULGURANTE... MES FÉLICITATIONS!
COLONEL! CHANGEONS ENCORE D'ARMÉE ET NOUS FINIRONS GÉNÉRAL!
SOYONS SÉRIEUX CHARLEY! NOUS AVONS NOS ARMES, IL S'AGIT MAINTENANT DE REGAGNER LES U.S. AVEC LES DOLLARS, ET CE FRANÇAIS SE MÉFIE DE NOUS... SORTIR DE DURANGO NE SERA PAS FACILE!
PALACIOS.

CAPTAIN ! CAPTAIN !
ROSA VIENT DE NOUS AVERTIR QUE LES JUARISTES VONT ATTAQUER LA VILLE ET QU'ILS SONT DÉJÀ SUR LA PLACE, MÊLÉS À LA FOULE
QUAND AURA LIEU LEUR ATTAQUE ?
QUAND LES MARIACCIS CHANTERONT "CARLOTA", LE CHANT DES JUARISTES.
RETOURNONS À LA CANTINA. PRÉPARONS-NOUS, ET PENDANT L'ATTAQUE NOUS DÉGUERPIRONS, DIRECTION LE RIO GRANDE .
PALACIOS

DOMMAGE ! ADIEU BEAUTÉS ...
RAY ! FAIS SELLER LES CHEVAUX DISCRÈTEMENT ET METS-LES DANS LA RUELLE, DERRIÈRE LA CANTINA.
BIEN, CAPITAINE !
LES MAINS EN L'AIR, SEÑOR CAPITAN !
SAINT-CROIX !!!
PALACIOS.

JUAREZ VOUS REMERCIE DES DOLLARS QUE VOUS DONNEZ POUR CONTRIBUER À LA VICTOIRE.
HAHAHA
TOUS LES HOMMES SONT EN PLACE, MON COMMANDANTE.
PARFAIT ! DONNE LE SIGNAL AUX MUSICIENS ... ET N'OUBLIEZ PAS, CETTE ATTAQUE N'EST QU'UNE DIVERSION POUR NOUS PERMETTRE DE QUITTER LA VILLE AVEC LES DOLLARS !
"LA NAVE VA EN LOS MARES VOLANDO CUAL PELOTA... ¡ADIOS MAMÁ CARLOTA, ADIOS MI TIERNO AMOR !"
CHANT BOUFFON DE L'ARMÉE JUARISTE, ATTRIBUÉ À VINCENTE RIVA PALACIO. "LE NAVIRE COURT SUR LES MERS BONDISSANT COMME UNE BALLE ADIEU MAMA CARLOTA ADIEU MON TENDRE AMOUR"
DALA CIOS.

?
TONNERRE! LES JUARISTES!
A LA GARDE !
PCHIIIIISST...
QU'EST-CE ...
BAOUUM!

?!
!
MORT AU TYRAN!
PAW!
HAAAAAAA!...
!
ON NE DISCUTE PAS AVEC UN RÉVOLUTIONNAIRE, MONSIEUR! UN RÉVOLUTIONNAIRE, CELA S'ÉCRASE AVEC UNE MAIN DE FER. JE L'AI DIT À MEXICO, IL Y A CINQ ANS À SA MAJESTÉ. ELLE A TERGIVERSÉ. REGARDEZ OÙ NOUS EN SOMMES.
LES JUARISTES!... UNE ATTAQUE PENDANT LA FIESTA... LA FOULE! PEUT-ÊTRE FAUT-IL PARLEMENTER...
PAW!
PAW!
PALACIOS.

CES JUARISTES SONT MÊLÉS À LA FOULE. QUE FAIRE ?
VOUS ÊTES L'AUTORITÉ CIVILE, JE SUIS L'AUTORITÉ MILITAIRE. DONNEZ-MOI CARTE BLANCHE. DURANGO DOIT RESTER AUX TROUPES DE SA MAJESTÉ ET N'OUBLIEZ PAS QUE, QUI TIENT DURANGO TIENT TOUT LE NORD DU MEXIQUE.
FAITES À VOTRE CONVENANCE !
MONSIEUR DE KERLEN, FAITES SONNER LE BOUTE-SELLE ET NETTOYEZ-MOI CETTE PLACE !
MAIS, MON COLONEL, LA PLACE EST PLEINE DE CIVILS, DE FEMMES, D'ENFANTS !
C'EST UN ORDRE! OUVREZ LE FEU! DIEU RECONNAÎTRA LES SIENS !
PALACIOS

CRAAC!
¡MALDICION!
THESE GOD DAMNED FRENCHMEN!
POR LA VIRGEN! QUE HORROR!
FAIS TA PRIÈRE, REBELLE, TA ROUTE S'ARRÊTE ICI!
SORTONS D'ICI AVANT QUE LES FRANÇAIS N'ARRIVENT, VITE ... ET N'OUBLIEZ PAS LES DOLLARS!
PALACIOS.

LA RÉVOLUTION JUARISTE NE TUE PAS UN HOMME DÉSARMÉ, GRINGO !
CHICANO ! SON OF A BITCH...
DÉSOLÉ, SEÑOR CAPITAN !
VAMOS, COMPAÑEROS
SACRÉ DIÉ ! SAINT-CROIX
PALACIOS

!!!
TIENS, SATAN ! VOILÀ UN DE TES COPAINS !
CRACC !!
PAW ! PAW !
PAW ! PAW !
Hiiiii !!
PALACIOS.

HIIIII !
?
HI ! HI !
CONCHITA MA BELLE ! N'AIE PAS PEUR, REGARDE COMME CETTE BESTIOLE EST AFFECTUEUSE ...
Hic!
HÉ ! JE VOUS ASSURE, SEÑORITA, QUE CE SERPENT EST TRÉS GENTIL .
CE SAINT-CROIX ET CES DEUX MEX ONT RÉUSSI À SORTIR AVEC LES SACOCHES. SACRÉ DIÉ! ET LE CAPITAINE MAC COY QUI ÉTAIT EN HAUT... POURVU QU'IL ...
CESSE DE JOUER AVEC CE SERPENT, IMBÉCILE ! ET MONTONS À L'ÉTAGE JE CROIS QU'IL EST ARRIVÉ MALHEUR AU CAPITAINE !
PALACIOS.

OK! MAIS JE GARDE LES PESOS DU BOCAL!
HIC!
D'ACCORD SEÑOR! GARDEZ LES PESOS ET RENDEZ-MOI MA PETITE BÊTE.
GRACIAS, SEÑOR!
S...S...Siiii!
CHARLEY, RASSEMBLE LES HOMMES ET À CHEVAL. IL NOUS FAUT RETROUVER LE SAINT ET LES DOLLARS. EN CE MOMENT ILS DOIVENT GALOPER VERS LE RIO GRANDE. ALLEZ! EXÉCUTION!
AVEC JOIE, CAPITAINE!
HIC!
PALACIOS

EN ROUTE LES GARS, IL FAUT METTRE LA MAIN SUR LE SAINT. IL N'A QU'UNE DEMI-HEURE D'AVANCE SUR NOUS...
CE COYOTE EST AVEC LES JUARISTES, CAPITAINE, IL PEUT NOUS JOUER DE SALES TOURS DANS LE DÉSERT.
AURAIS-TU PEUR DU SAINT, JO ?
IL N'EST QU'AVEC DEUX JUARISTES, TROIS AU MAXIMUM. SON ADHÉSION À LA RÉVOLUTION N'A QU'UN BUT, RÉCUPÉRER LES DOLLARS. IL VA S'ARRANGER POUR ÉLIMINER LES JUARISTES !
?
ASSEZ PARLÉ ! À CHEVAL ET SUS AU SAINT... HA! HA! HA !
PALACIOS.

TIENS! TIENS!
HUM! QUELLE JOIE, SEÑOR COLONEL... QUEL HONNEUR POUR MOI ET MA MODESTE CANTINA!
RRR!
RRRR
RRON
DIS-MOI, BONHOMME... LES AMÉRICAINS SONT PARTIS... POURQUOI?
PALACIOS.

ILS PARLAIENT DE DOLLARS, SEÑOR COLONEL ! BEAUCOUP DE DOLLARS... ET PUIS LES JUARISTES SONT VENUS ET ILS ONT PRIS LES DOLLARS . ALORS LES GRINGOS SONT PARTIS EUX AUSSI, SEÑOR COLONEL . ILS ÉTAIENT TRÈS EN COLÈRE, COMME DES FOUS FURIEUX . . .
SSSSSS !
FOUS FURIEUX N'EST-CE PAS . . . ÉTRANGE . . . DES DOLLARS ! TRÈS INTÉRESSANT !
VOTRE CONVERSATION EST FORT RICHE, MONSIEUR L'AUBERGISTE . VOTRE FILLE EST CHARMANTE ET VOTRE AUBERGE FORT BIEN TENUE, AUSSI Y REVIENDRONS-NOUS . SERVITEUR, MONSIEUR ! MES HOMMAGES À MADAME !
! ?
! ? !
RRRON
RRRON !
RRRON...
RRRON !
SSSSSS ! ...
CE QUE VOUS M'APPRENEZ, MON BON, CONFIRME MA CONVERSATION AVEC CE NIGAUD D'AUBERGISTE . FAITES DONNER L'ORDRE DE DÉPART À UN ESCADRON !
QUELLE DIRECTION, COLONEL ?
LE RIO APACHE COMMANDANT. LE SITE Y EST MERVEILLEUX !
LES JUARISTES SONT EN FUITE, LA VILLE EST À NOUS . IL N'EN RESTE QU'UNE POIGNÉE DANS L'ÉGLISE DE LA FÉLICITÉ . NETTOYEZ-LA, MAJOR, ET PAS DE QUARTIER !
PALACIOS

A QUELQUES MILES DE DURANGO, MAC COY ET SES HOMMES, CREVANT LEURS CHEVAUX, POURSUIVENT, SAINT-CROIX
CAPTAIN ! DEUX MACCHABBÉES, LÀ ... SUR LA PISTE !
A L'AIDE AMIGOS!
PALACIOS.

OÙ EST LE SAINT, AMIGO!
CE CHIEN PUANT DE GRINGO NOUS A TIRÉ DESSUS TRAÎTREUSEMENT ET IL A PRIS LES SACOCHES... QUE SON ÂME POURRISSE EN ENFER... MAIS J'AI DESCENDU SON CHEVAL, IL NE PEUT ALLER LOIN. IL EST LÀ QUELQUE PART À NOUS ÉPIER...
LE SAINT EST LÀ, QUELQUE PART, IL N'A PLUS DE CHEVAL. RATISSEZ-MOI LES ALENTOURS, LES GARS... IL N'A PU ALLER LOIN. NE LE TUEZ PAS, JE LE VEUX VIVANT!
PLUS TARD
LA BÊTE EST LEVÉE, CAPTAIN.
PAW!
PAW!
PAW!
PAW!
HAAAAAA!
ÇA NE TIRE PLUS... ET RIEN NE BOUGE...
CHARLEY! RAPPELLE LES HOMMES!
PALACIOS.

VOUS L'AVEZ, LES GARS ?
CE COYOTTE ÉTAIT PLANQUÉ DANS LES MAÏS. IL A DESCENDU BRONINX, PRIS SON CHEVAL ET DISPARU DANS UN ARROYO.
EN AVANT! NOUS L'AURONS AU GUÉ DU RIO...
ON N'AURA RIEN DU TOUT! PARCE QU'ON EN A MARRE... LES MAINS EN L'AIR, CAPITAINE. TOI AUSSI, CHARLEY! ET POUR UNE FOIS, FERME-LÀ! DÉBOUCLEZ BIEN GENTIMENT VOS CEINTURONS, SANS JOUER AUX HÉROS OU VOUS ÊTES MORTS. C'EST VALABLE POUR TOI AUSSI, RODGERS!
NON-MAIS... JO, QU'EST-CE QUI TE PREND, TU ES FOU OU QUOI? TU AS PERDU LA TÊTE, LÂCHE CETTE ARME!
NE FAIS PAS L'IMBÉCILE, JO!
RASSURE-TOI, CHARLEY! J'AI TOUTE MA TÊTE AINSI QUE LES CAMARADES ICI PRÉSENTS... PAS VRAI, LES GARS!
HA!
POUR SÛR, JO... HA! HA! HA!
HI! HI! HI!
HAHAHA!
UN CAMARADE DÉSIRE TE VOIR, MAC COY! ET SON DÉSIR DE TA VISITE SE FAIT PRESSANT. ALLONS! EN ROUTE! NE LE FAISONS PAS ATTENDRE!
PALACIOS

SALE TRAÎTRE ! J'AURAI TA PEAU, SOIS-EN SÛR !
ÉCOUTE-MOI BIEN, GRANDE GUEULE, C'EST MOI POUR L'INSTANT QUI TIENS LE COLT... ET JE TE JURE QUE SI TU L'OUVRES ENCORE UNE FOIS, JE TE DESCENDS !
ATTACHEZ-LES, VOUS AUTRES !
BON ! ALLONS VOIR CETTE IMPORTANTE PERSONNE QUI NOUS VEUT TANT DE BIEN.
PLUS JE FRÉQUENTE LES HOMMES, ET PLUS J'AIME LES CHEVAUX !
MOI AUSSI, SERGENT MAJOR !
PALACIOS.

LE SAINT S'EST ENFUIT, SIR! ET JE SOUPÇONNE FORT MAC COY, CHARLEY ET RODGERS D'ÊTRE DE MÈCHE AVEC CE COYOTE. ALORS JE VOUS LES AMÈNE POUR TIRER CELA AU CLAIR.
OÙ EST LE SAINT DONOVAN? OÙ SONT LES DOLLARS?
À L'HEURE ACTUELLE, IL DOIT ÊTRE AU RIO APACHE POUR PASSER LE GUÉ DU CANYON DU FOU ET JOINDRE LA SIERRA JUSQU'AU RIO GRANDE.
IL Y FERA DE MAUVAISES RENCONTRES. CETTE RÉGION EST REMPLIE DE MESCALEROS. ALORS, CAPITAINE MAC COY, IL ME SEMBLE INCORRECT QUE VOUS AY EZ PENSÉ VOUS OCTROYER L'ARGENT DU GOUVERNEMENT DES ÉTATS-UNIS POUR VOUS SEUL ET VOS COMPAGNONS.
QUE DIEU ME DAMNE SI J'AI EU CETTE PENSÉE... MAIS QUI ÊTES-VOUS? QUE VOULEZ-VOUS?
DONOVAN! DÉTACHE-MOI TOUT DE SUITE. QU'EST-CE QUE CELA VEUT DIRE?... QUAND LE SAINT A DESCENDU BRONINX ET S'EST ENFUI AVEC SON CHEVAL, J'ÉTAIS DANS LES MAÏS, JE NE L'AI MÊME PAS VU. JE NE SUIS DE MÈCHE AVEC PERSONNE. ALLEZ, FAITES-MOI LIBÉRER, MAJOR!
NON MAJOR! NON...
HA! HA! LE MAJOR RICHARDSON DU CAMP IV; J'AURAI DÛ M'EN DOUTER!
TE VOILÀ LIBÉRÉ, RODGERS... DÉFINITIVEMENT HA! HA!
PAW!
PALACIOS.

LA GUERRE EST FINIE, MAC COY, LAISSEZ DONC LE GRADE DE MAJOR AU VESTIAIRE. IL EST DEVENU DÉRISOIRE... COMBIEN DE MILLIERS DE MAJORS À L'HEURE ACTUELLE POUSSENT-ILS LA CHARRUE, CONDUISENT UNE DILIGENCE OU SCRIBOUILLENT DANS UNE BANQUE. LA PAIX VENUE, LA GLOIRE ET LES GALONS NE SONT PLUS RIEN. SEUL L'ARGENT COMPTE.
J'AI COMPRIS CELA APRÈS GETTYSBURG, QUAND J'AI PERDU MON BRAS. PLUS TARD, J'AI ÉTÉ CHARGÉ DE FOURNIR UNE ESCORTE À L'OFFICIER PAYEUR CONVOYANT LA SOLDE DE LA DEUXIÈME ARMÉE. J'AI CHOISI POUR CELA DES HOMMES PENSANT COMME MOI, QUE LES DOLLARS AINSI SOUSTRAITS NOUS DONNERAIENT L'HONORABILITÉ APRÈS LA GUERRE. TOUT A TRÈS BIEN MARCHÉ. HÉLAS ! J'AI DONNÉ LE COMMANDEMENT AU SAINT !
CE SALE COYOTE NE RESPECTE RIEN. IL N'A PAS SUIVI NOS ENGAGEMENTS : SE RENDRE AU MEXIQUE ET S'Y CACHER JUSQU'À LA FIN DE LA GUERRE. AU LIEU DE CELA, CET IMBÉCILE A VOULU SE CRÉER UNE ARMÉE À SA SOLDE. IL A FAIT ABATTRE MES COMPAGNONS ET GARDÉ L'ARGENT POUR LUI SEUL... LE DÉMON !
VOUS N'AVEZ PAS RÉUSSI LA MISSION QUE JE VOUS AVAIS CONFIÉE, MAC COY, SOIT PAR INCAPACITÉ, SOIT PAR HABILETÉ. DANS LES DEUX CAS, VOUS MÉRITEZ LA MORT. DE PLUS, VOUS CONNAISSEZ MAINTENANT TROP DE CHOSES ET...
QU'EST-CE QUE C'EST ?
PAW !
PAW !
NOM DE DIEU ! LES FRANÇAIS !
ALLONS, DÉPÊCHONS... DÉPÊCHONS. FAITES-MOI CESSER CE TIR INTEMPESTIF ET ALLONS VOIR CE QUI SE PASSE DANS CETTE ÉTRANGE MASURE.
PAW !
PAW !

PFTT! ALLEZ, MES GARS. UN PEU DE NERF. DÉGAGEZ-MOI CETTE MAISON RAPIDEMENT ET ARRÊTEZ-MOI TOUS LES LOCATAIRES!
PAW!
PAW!
MAC COY, CHARLEY! VOUS EN SAVEZ TROP. JE VAIS VOUS DESCENDRE TOUS LES DEUX!
PAW!
CRAAC!
CONTENT DE VOUS VOIR, COLONEL!
OUF!
HA! MONSIEUR MAC COY, QUELLE HEUREUSE SURPRISE, JUSTEMENT, JE VOUS CHERCHAIS. SAVEZ-VOUS, MON BON, QUE DES SACOCHES PLEINES DE DOLLARS SE PROMÈNENT AU MEXIQUE SANS QUE J'EN EUSSE ÉTÉ MIS AU COURANT! INOUÏ, N'EST-CE PAS? QUAND JE PENSE À LA SOLDE DÉRISOIRE QUE M'OCTROIE LE GOUVERNEMENT, VOILÀ QUI VA LA REVALORISER. HÉ! HÉ!
POURQUOI PARLEZ-VOUS ANGLAIS, COLONEL?
HA! HA! MES HOMMES NE PARLENT PAS CETTE LANGUE, SERGENT MAJOR, ET LEURS SOLDES SONT MINCES. IL VAUT MIEUX QUE NOUS NE SOYONS QUE TROIS À CONNAÎTRE L'EXISTENCE DES SACOCHES!
PALACIOS.

LE SAINT, CE MAUVAIS BOUGRE, FUIT AVEC NOS DOLLARS À BRIDE ABATTUE VERS LE RIO GRANDE. MAIS MES ÉCLAIREURS LE SUIVENT DE PRÈS. ET PEUT-ÊTRE POURRONS-NOUS LE TIRER DES GRIFFES DES MESCALEROS.
MON CHER, NOUS ALLONS PARTICIPER À UNE CAPTIVANTE COURSE AU TRÉSOR. EXACTEMENT COMME QUAND NOUS ÉTIONS PETITS.
MES ÉCLAIREURS ONT DÉBUSQUÉ LE SAINT ! EN ROUTE MESSIEURS, NE FAISONS PAS ATTENDRE LE GIBIER.
SUR UNE COLLINE, AU-DESSUS DU RIO APACHE.
VOILÀ NOTRE HOMME ! FAIS PRESSER LA COLONNE !
JE N'FAIS QUE ÇA !
!
ZAS-TEE !
ZAS-TEE !
QU'EST-CE QUE C'EST QUE ÇA? JUARISTES, FRANÇAIS, APACHES... IL NE S'AGIT PAS DE TRAINER.
SACRÉ-DIÉ ! LES APACHES
PALACIOS

OWOUOU WOU UOUUU...
UNE FOIS AU SOMMET, JE VAIS POUVOIR LES STOPPER UN MOMENT ET FAIRE SOUFFLER MON CHEVAL.
C'EST VRAIMENT PAS DE VEINE, SI PRÈS DU BUT... ET CETTE ROSSE QUI N'AVANCE PLUS!
PAW!
ME VOILÀ COINCÉ ICI COMME UN IMBÉCILE PAR UNE POIGNÉE DE POUILLEUX AVEC DES MASSES DE DOLLARS SUR UN CHEVAL CAGNEUX. AH! LA LA!
YOOO!
YAPYAP!
CE RASCAL EST EN PLEINE CONVERSATION AVEC LES MESCALEROS.
OUAIS! ET CELA DOIT BARDER POUR SON MATRICULE.
PAW!
PAW!
L'ESCADRON FRANÇAIS, CREVANT LES CHEVAUX, ARRIVE AU RIO APACHE.
SAVEZ-VOUS, MAC COY, QUE CES APACHES SONT TRÈS MÉCHANTS ET FORT CAPABLES DE TUER NOTRE SAINT AVANT QU'ON NE LE PENDE!
PAS POSSIBLE!!!
MONSIEUR DE KERLEN, DISPERSEZ-MOI CES BONS SAUVAGES. JE VAIS AVEC LES DEUX CONFÉDÉRÉS INTERCEPTER SAINT-CROIX.
PALACIOS.

CHANGEMENT DE FRONT À DROITE ! ...DROITE... AU GALOP... TROMPETTE, SONNEZ LA CHARGE...
CHARGE !
HA! HA! HA!
PENDANT QU'ILS S'ENTRE-TUENT, ALLONS NOUS OCCUPER DE NOS SACOCHES.
VOILÀ UNE DIVERSION QUI VIENT À PROPOS. ALLEZ, VIEILLE ROSSE, DU NERF. DÉGUER-PISSONS D'ICI !
PAW ! PAW !
ALLONS BON ! QU'EST-CE QUE C'EST QUE CES TROIS LÀ !
NOTRE HOMME SE DIRIGE VERS LE CANYON DES GÉNIES... IL EST À NOUS !
ALLEZ, MA VIEILLE, MONTRE CE QUE TU SAIS FAIRE.

!
HIIIIIIIII
PLOW!
VINGT DIEUX!... J'AI EU CHAUD.
NI VOUS NI MOI N'AURONS CES DOLLARS. ILS SONT LÀ AU FOND DE CE GOUFFRE. SANS RANCUNE, MAC COY ET À BIENTÔT. ADIOS, COMPAÑEROS!
ATTENDS UN PEU, TU VAS VOIR.
INUTILE DE TIRER SERGENT-MAJOR, IL EST HORS DE PORTÉE.
ET IL LE SAIT, LE BOUGRE.
IMPOSSIBLE, SERGENT-MAJOR. TOUT CE QUI TOMBE LÀ-DEDANS NE REMONTE JAMAIS. BEAUCOUP ONT ESSAYÉ DE RÉCUPÉRER LES OFFRANDES EN OR QUE LANCENT LES INDIENS. ET TOUS ONT DISPARU DANS LE CANYON DES GÉNIES.
BON! EH BIEN IL NE RESTE PLUS QU'À DESCENDRE CHERCHER CES SACOCHES.
CES SACOCHES SONT MAUDITES. ELLES PUENT LE SANG... JE NE LES REGRETTERAI PAS... RETOURNONS AUX ÉTATS-UNIS.
PALACIOS.

FIN